給比利

你是璀璨閃閃的可愛微光

Thinking 064

微光小鎮，圍牆不見了
LITTLELIGHT

作者｜凱莉‧肯比 Kelly Canby
譯者｜羅吉希

社　　長｜馮季眉
責任編輯｜李晨豪
美術設計｜郭芷嫣、康學恩

出版｜字畝文化創意有限公司
發行｜遠足文化事業股份有限公司（讀書共和國出版集團）
地址｜231 新北市新店區民權路 108-2 號 9 樓
電話｜(02)2218-1417
傳真｜(02)8667-1065
電子信箱｜service@bookrep.com.tw
網址｜www.bookrep.com.tw

法律顧問｜華洋法律事務所　蘇文生律師
印製｜通南彩色印刷有限公司

2021 年 1 月　初版一刷
2024 年 8 月　初版三刷
定價：380 元　書號：XBTH0064
ISBN 9789865505455

國家圖書館出版品預行編目 (CIP) 資料

微光小鎮，圍牆不見了 /
凱莉.肯比 (Kelly Canby) 著；羅吉希譯.
-- 初版. -- 新北市：字畝文化出版：遠足文化事業股
份有限公司發行, 2021.01
　面：　公分
譯自：Littlelight
ISBN 978-986-5505-45-5(精裝)

887.1599　　　　　　　　　109018096
876.599　　　　　　　　　 109015004

微光　　鎮，　牆不見

LI TLE IGH

凱莉·肯比 Kelly Canby / 文圖　羅吉希 / 譯

剛《開,始ˊ，灰ㄏ、撲ˊ撲ˊ的ㄉ微ˊ光《鎮ˇ上ˋ，
沒、有ˇ人ㄖ注、意ˋ到ˋ：

先是那堵圍牆少了一塊磚，

接著，這座牆也少了一塊磚。

愈來愈多磚頭不見了。
鎮長開始懷疑，有個小賊專愛偷磚頭。

這個念頭，讓他　　　不開心。

「微光鎮守規矩的好居民！」
鎮長對大家說：
「圍牆保護我們，讓我們能和不一樣的東西保持距離。
但是有個傢伙把圍牆的磚頭搬走了！
這是很大的危機！我非常非常的不開心！」

聽到鎮長這麼說，微光鎮守規矩的好居民都贊同：
「沒錯，沒錯，鎮長說得對！」

大家都同意：「這件事很危險，我們都不開心！」

那一年，微光鎮每一邊的圍牆，
都有磚頭不見了。

由於有南邊圍牆保護，
微光鎮居民才不必接觸南方人。

那些南方人不但看起來　　　　　，
種植的農作物也　　　　　　　　。

多虧有北邊圍牆保護，
微光鎮居民才不必接觸北方人。

那些北方人不但看起來　　　　　，
種植的農作物　　　　　，
還說　　　　　語言。

幸好有東邊圍牆保護，
微光鎮居民才不必接觸東方人。

那些東方人不但看起來不一樣，
種植的農作物很少見，
說奇怪的語言，
還隨著不尋常的節拍跳舞！

最後，連西邊圍牆也有磚頭被拿走了！
好在有西邊圍牆保護，
微光鎮居民才不必接觸西方人！

那些西方人不但看起來　　　　　，種植
的農作物很少見，說　　　　語言，
隨著　　　　的節拍跳舞，
還讀大家　　　　的書！

這真是壓垮駱駝的最後一根稻草，
現在，鎮長氣炸了！

「微光鎮的好居民！
這太過分了！
有人到現在
還一直搬走圍牆的磚頭！

我氣炸了，
我們得馬上找出
是誰做的好事！」

一聽到鎮長這樣說，
微光鎮的好居民都贊同。

「沒錯！鎮長說得對極了！
每個人都要氣炸了。
我們得馬上找出
是誰搬走了磚頭！」

為了找出偷磚頭的賊，
他們翻遍了鎮上每個角落。

只有陌生語言的奇妙聲音，
或是新奇食物的好聞香味，
或是節奏特別的活潑音樂，
或是隔壁鎮居民讀的、好像
很有趣的故事書，才能讓他
們偶爾停下腳步。

終於，
大家逮到她了！

「　　　　　　　」鎮長指責眼前的小女孩，
「就是你把圍牆的磚頭搬走了！
全靠那些圍牆保護，我們才不必接觸那些
　　　　　　　　　　　　　　　　　　　的東西！
我們真是氣瘋了！」

一聽到鎮長這樣說，微光鎮的好居民都很贊同。

但是，慢著！
他們想起了幾件事。

他們聞到了　　　食物香味。
他們聽到了　　　語言發音。
他們隨著　　　　音樂打拍子。
還有　　　　　　故事書，
讓他們有了想要實現的新夢想。

微光鎮的居民四下打量他們的微光鎮，
現在變得五顏六色又明亮繽紛。
　　他們開始懷疑自己到底在氣什麼呀？

所以，所有人都反對。

他們不同意
鎮長說的。

「不對！不對！他說得不對！」

微光鎮的好居民認為，
這個女孩不但沒有造成
他們任何損失，
反倒帶來他們最需要的——
窗戶！

她不但把圍牆變成門，
還把磚頭搭成橋。

「不能沒有圍牆啊！」

鎮長哭喪著臉問大家：
「不然，要靠什麼
保護我們不必接觸

的東西呢？」

聽到鎮長這樣說，
微光鎮的好居民都贊同。

「沒錯！沒錯！他說得沒錯！」

所以，他們就用那一堆丟在旁邊的磚頭，
蓋了最後的圍牆。

這樣，鎮長才能在準備好，想了解

的東西之前，
保險又安全的躲在圍牆後面。